청어詩人選 253

내 영혼이 아름다운 날들

윤영초 시집

청어

내 영혼이 아름다운 날들

시인의 말

내 영혼이 아름다운 날들…

나에게 지금 남겨진 것들을 들춰보면
시간이 흘러 흘러 어디매쯤 왔는지도 모르고
그냥저냥 걸어왔던 길을 뒤돌아보며
나 혼자만의 비명이었는지 모르지만
오랜만의 외출처럼 설렌다.
천천히 걸어 나온 길에 6번째 시집
『내 영혼이 아름다운 날들』 출간으로
나만의 표식을 해두고 싶었다.

내 생에 가장 잘한 일은
끊임없이 글을 쓰는 일이었고, 지금은
귀촌해서 그녀의 섬에 잘 적응하는 일이다.
울창한 나무들과 꽃들이
내 기록의 주인공이 되어주고
때론 기쁘고, 슬프고, 아프고, 그립고,
사랑했던 많은 날들이 내게 준
선물을 쏟아내어 기록했던 날들이

고맙고 행복하여 앞으로도 끊임없는 기록으로
정진하련다.

6번째 시집이 나오기까지 도움을 주신
청어출판사 이영철 대표님, 출판 관계자 분들께 감사드리고,
SNS에서 제 글을 사랑해주시는 많은 독자분들과
인스타에서 항상 내 편이 돼주신
한영숙 캘리작가님, 허정아 캘리작가님 등
함께 해주신 여러 작가님들께도 깊이 감사드리고 싶다.
항상 나를 응원해주는 사랑하는 친구들과
소중한 내 가족들 모두 고맙고,
사랑합니다.

2020 여름
초희 윤영초

차례

2부 당신의 사랑

3부 당신의 기록

4부 고마운 당신

1부

당신의 그리움

꽃들이
사랑이
그리움이 머무르는 그녀의 섬,
그녀의 영토에서
보내는 그리움의 연서입니다…

너는 내 가슴에 깊다

너를 생각함
가슴에 따뜻한 온기가 돌고
떠나지 않은 미소가
그 사소함일지 모르나
너를 그리워하는 일이야말로
사는 이유일 거다

그리워하면
늘 웃던 네가
내게로 올 수 있다고 믿었는데
너무 멀다

네가 오는 길이
아득히 멀어서
너를 그리워하는 시간도
어쩔 수 없이
어긋난 가슴일 때가 있다
네가 보고 싶은데
열병처럼
너는 내 가슴에 깊다

기억

꽃등이 환하게 켜있는
어둠 속 그 길에
우멍한 여자의 웃음 같은
꽃이 피었다

그때 묻지 않았다
왜 서성거리며 벚꽃을 바라봤는지
잠깐 꿈결 같은 꽃길에서
아득해지던 사람
어느 길에 피어있는
톡톡 튀는 꽃을 보며 나를 기억할까

헤어짐의 불안을 지웠던
하얀 벚꽃 아래 서 있는 나
돌아보면 그리움이 일어
벚꽃 그늘이 바람에 가렵다

불두화 필 때면

오월의 어느 길에 피어
하루를 환하게 밝히는
곱슬곱슬 파마머리를 한
울 엄마 같은 꽃
불두화 하얗게 몽실 거리는 날
울 엄마 생각에 목젖이 뜨겁고
울컥 그립습니다

포근한 품속 같은 불두화를
바라보다 뒤돌아서는데
하얀 꽃송이들이 우르르 달려들어
내 마음을 붙잡습니다
울 엄마 두고 돌아설 때처럼
쉬 떨어지지 않던 발길

불두화를 바라볼 때면
꼬불꼬불 하얀 머리를 한
울 엄마
자박자박 걸어오시는 길 같아
눈앞에 하얗게 하얗게
애잔함이 몽실 거려
불두화 필 때면
어쩐지 가슴에 사무칩니다

아카시아 꽃피는 밤에

어둠 속에서
더 짙은 향을 피우는
아카시아 향이
창가로 흘러들어 머릿속을 휘젓고
어디선가 들려오는 환청
그대 목소리인가 뒤돌아보니
그 자리엔 꽃향기가
부드럽게 흘렀습니다

아스라이 휘도는 향기에
가슴을 적셔오는 오월의 밤
새벽이 오는 길에
하얗게 꽃무덤을 이루던
눈부신 오월
아카시아 향이
가슴에 파문을 그려요

아카시아 꽃이 필 때쯤이면
가슴 설레는 중증 같은 그리움의 병
향기에 취한 이 가슴 떨림을
어쩔 수가 없네요

빗소리

빗소리를 오래 들으면
나는 바람도 못 잊겠거든
그 스치던 느낌의
빗소리

내 마음속을 거닐던
너는 보이지 않고
다정한 목소리 같은
빗소리만 보여

빗줄기만큼 퍼지는 그리움
빗소리를 바라보면 오히려
마음은 고요해
네가 내 옆에 있는듯하여,

낙화

벚나무 아래 섰다
뭉클한 꽃잎들 사이로 비추는 햇살
그물에 걸린 파닥거리는 어린 고기처럼
숨을 헐떡거린다

낙화, 흩날리는
서러운 이별의 흔적
꽃잎의 울음소리를 들으며
모른 척 고개 돌리면 눈물이 났다

네 몸속에 나를 묻고
가볍게 떨어지는 것에 대한 서글픔을 읽고
슬픈 말들이 꽃잎처럼 번식하는
잃어버리지 말아야 할 말들을 떠올리고 있었다
서로 확인하고 싶은 그리움,
그리움,

지독한 그리움

찻물이 끓는 소리를 듣다가
문득 드는 생각
지난 삶들이 우글우글 끓었던
그런 날들이 있었고
삶의 의미는 그만큼 깊었던 게야

방황하는 서녘 하늘에
외롭고 쓸쓸한 생각 하나
해질 무렵 어둠이 내릴 쯤이면
왜 그리움이 드글거리는지

여름 해가 기울어 저 혼자 숨고
지독한 그리움에
붉은 노을처럼
눈시울이 붉어지는 것은
삶의 통증 같은
단 한 번의 기회
단 하나의 사랑
지독한 그리움 때문이리라

가을날, 그 배경

가을이 뭉클하다는 것은
여린 눈빛으로 바라보던
가슴속에 있는 너 때문이다

계절이 바뀌는 것은
마지막이 아닌데
왜 가을은 아무것도 몰라라 하고
그저 저무는 햇살 같을까

산비둘기 구구 거리는 소리에
철 지난 그리움을 깨우고
가을 저녁엔
맑은 영혼을 가진 네가
자꾸만 그립다

가을날 해 질 무렵 풍경은
그 배경이 슬프도록 붉어서
그 붉은 한 자락
스카프처럼 목에 두르고 싶다
다시는 오지 않을 가을날 배경이겠지만,

벚꽃 그늘 아래서

꽃등이 환하게 커있는
어둠 속 그 길에
의뭉한 여자의 웃음 같은
꽃이 피었다

그때 묻지 않았다
왜 서성거리며 벚꽃을 바라봤는지
헤어짐의 불안을 지웠던
하얀 벚꽃 아래 서 있는 나
잠깐 꿈결 같은 꽃길에서
아득해지던 사람

어느 길에나 피어있는
톡톡 튀는 꽃을 보면
나를 기억할까
돌아보면 그리움이 일어
벚꽃 그늘이 바람에
하얗게 하얗게 가렵더라

그림자

이 말간 봄날
마음이 싱숭생숭
들쭉날쭉한 심사
눅눅한 감정이 떠도는 대낮에
아무도 지나가지 않는
빈 골목길

해맑게 웃던
한 사람을 뭉개 버린
내 그림자를 내가 밟고 서서
살가웠던 그 사람을
다시 그립게 하는
또 하나의 그림자

우리의 기억을 잃어버리거나
서로 밀어내거나 흠집 내지 말 것
그러면 누구에겐 바람이고
나에겐 눈물일 테니까

봄바람 부는 날

한낮의 한가로움이
봄기운에 젖고
문득 훈풍에 대한
그 기억을 들여다보면
거기는 봄이었다

정오의 길거리
따스한 햇볕이
새싹을 다스려
꽃피는 법을 일러주면
금세 꽃향기 나른한 봄

살랑거리는 봄바람 사이로
아지랑이 아른거리듯
그리운 얼굴 생각나게 하는
봄바람 부는 날은
봄꽃 같은
그 사람이 생각나요

여전히 뜨거운 봄

오직 봄을 그리워한다는 것은
봄의 몽상(夢想)
아무것도 모르는
그냥 헛된 엄살 같았어

봄이 만삭이 되어야
외설같이
뜨거울 것이라 생각했어

그런데 말이지
봄은 그 누구와 내통하지 않아도
저 혼자서 활활 타고
봄은 여전히 뜨겁고
얼굴도 빨개져
눈이 화등잔(火燈盞) 같더라

봄 편지

하얀 봉투에
푸른 봄을 가득 담아
밀봉하지 못하여

사랑에 살고
사랑에 웃던
그런 날처럼

봄빛 옷을 차려입고
밀봉하지 않은 봄을 데리고
전라선을 타고 싶어요

봄이 오면
어쩐지 편지를
직접 배달하고 싶어져요

은행나무 아래서

아낌없이 불태웠던 젊은 날은
푸른 삶 전부였던
그 아우성을 버리기로 한 날
가볍게 내려놓으며
노란 웃음은 쓸쓸했을 것이네

작고 앙증맞은 제 몸 흩날리며
가장 빛나는 빛깔로 물들던 날
은행나무 아래
사무치도록 아름다운 눈물 같은
가을비가 추적추적

엷은 노란 빛깔
조각보처럼 누운 낙엽 위로
여기 가을은 비를 뿌리며
낙엽이 지면 그리운 거라 말하네

그녀의 섬에 사는 그리움

그리움이 선회하는
그녀의 섬에는
늙어가는 나무들이 부비는
바람 소리에도
번뇌하는 시간도
그리움의 하소연을
버릇처럼 매일 듣는다

그녀의 섬에 꾹꾹 새겨진
눈물겹도록 아름다운 것들이
드글거리는 그리움은
꽃이고 햇빛이고
바람이고 빗물이었다

그리움에 빠져 사는 건지
그리운 척하는 건지
그녀의 섬에 사는 그리움은
살아온 날들의 추억도 그립고
옛사람도 그립고
슬픈 거짓말도 그리울 때가 있더라

파도소리

외로움도 슬픔도 오래되면
파도처럼 부서지는 소리를 낸다

참아보려고
잊어보려고
이를 악물어 보지만
온 데 빗방울처럼 퍼져
눈만 뜨면 달려든다

그렇게 너는 나에게 달려온다
아무리 밀어내도
허물어졌다 다시 달려드는 너를
내 어찌 너를 잊을까

이 절망의 끝에는
항시 네가 출렁이고 있는데,

그립다는 것은 이런 것이다

연한 가을볕이 목덜미를 지나칠 때
그리움에 왈칵 목젖이 뜨겁다
그립다는 것은 이런 것이다

이 그리움이 너에게 도달하기도 전에
먼저 기울 때로 기울어버린 나를 본다
행여 전화가 올지 모른다는 생각으로
빈 전화기만 만지작거리는 것처럼,

너의 푸르름이 내 쓸쓸함과 바꾸는
늦여름과 초가을 사이에 부는 바람 때문에
옷깃을 여미는 외로움은
나에게 남긴 마지막 눈길처럼
휑한 빈 골목을 바라보게 한다

첫사랑 같은 봄

찬란한 봄볕이 눈부실 때쯤
꽃피는 거리를 지나가는 일은
가슴 설레는 첫사랑 같은

거품처럼 망울망울 터지는 꽃들
그 아래서면 가슴 속에 있는
너와 나란히 서 있는 길

아무 일 없었던 날들처럼
다시 헤어지는 일이 없을 것이라고
다시 돌아가지 못할 그 길이
슬픔을 감추고 화려한 눈웃음을 짓는 꽃들

너를 만나러 잠시 다녀온 길
생각만 하면 꿈길 같아 황홀한
첫사랑처럼 풋풋한 너를
사랑할 수밖에 없다
이슥하도록 봄날이 이어지는 동안은,

안개

안개를 걱정했다
네가 오는 길 발길 더듬어 걸었다
안개를 타고 높이 올라가
낮은 곳을 바라보면
그리움이 하얗게 타오르고
너를 보듬고 강가를 배회한다

목선은 철 지난 겨울 바다를 덮고 누워
평화로움을 풀더니
갈대밭은 누런 짚단을 쌓아
안개를 타고 강에서 바다로 흘러간다

겨울바람은 거친 숨소리
뜨거운 열정 가슴에 담으면
너의 향기가 안개로 피어오르고
마주한 시간 아쉬운 만남을 접으며
허공 속으로 너를 보내야 한다

안개, 너는 사뿐히 흘러 마음에 숨긴 정하나
다 풀어헤쳐도 네 그리움은 걷히지 않는다

찔레꽃 피는 날에

햇볕이 스멀스멀 퍼지고
봄꽃들이 지는 어느 날
바람이 키워낸 찔레 무덤에서
통통한 새순을 꺾어
한 입 베어 물면 가슴 가득
찔레꽃이 하얗게 폈었지

단순한 눈으로 바라봤던
찔레꽃은 어린날의 첫사랑 같은
내 가슴에 설렘의 기도를 하면
찔레꽃이 우르르 피었던 날들
그리워라 그리워라

찔레꽃이 필 무렵
지천에 그 향기가 흘러
그윽했던 달밤에 잠 못 들던
그대도 하얗게 입을 벌린
찔레꽃이었다는 걸 잊지 마오

잃어버린 봄

깊은 봄을 데려와
온통 꽃물을 들이는데도
시절이 좋은 봄은
어디로 흘러가는지

잠 못 드는 사람들은
슬픔 같은 봄 밤에
불면의 통증을 어쩌라고

어쩐지 올봄은
안쓰럽게 지나가는 듯
가슴에 푸른 멍이 든 걸 보면
우리는 봄을 잃어버린 거다

낙화하는 4월

꽃과 꽃 사이에 4월은 멈추지 않았다
무려 한 봄빛이
그 빛깔이 혼란스럽게 꽃을 피워내듯이
가슴에 쌓인 그리움은 분노하고
무작정 기다리는 어떤 날처럼
독한 그리움이 봄바람에 밀려오는데
하얀 꽃잎들 바람에 자꾸 나풀거리네

돌아보면 허망하고 쓸쓸하지만
그리워서 저렇게 흩날리는 것이리라
그리움으로 위장하는 가슴에
말없이 흩날리는 하얀 꽃잎, 꽃잎들

파르르 떨며 멀어지는
네가 많이 그리울 것이다
너는 내가 그립지 않을지라도,

달빛 교신

한밤중 은은하게 쏟아지던 달빛
고요 속에서 은빛을 보았다
하얀 연기처럼
스멀스멀 퍼져 내리던 달빛

꿈속을 걷고 있는 듯
허공에 퍼지는 달빛 아래서
그 빛과 분명 교신한 것 같은데
긴긴밤 꿈속이었을까

나는 멈칫
달빛이 깨질까 봐
불손한 기척을 할 수가 없었다
달빛과 온밤을 살라
서로 나눴던 교신이
낯익은 얼굴 같았던
그 뭉클한 기억,

벚꽃이 필 때면

찬란한 햇빛 속에서
환하게 웃는 당신을 보았어
벚꽃이 톡톡
벙긋벙긋 웃고 있었지

벚꽃이 필 때면
가슴에 더빙되는 장면들
우리가 걸었던 그 길에
그가 기억하지 않은
이런 날에
나는 기억하고 있으니

눈을 감으면
길거리 벚꽃들이 수런수런
하얗게 돋아나고
다정한 표정이 떠올라
꿈길 같아라

수선화의 사랑

바람, 눈, 비, 햇살,
울림으로 키운
저 노란 꽃들의
숨 가쁜 사랑도
이슬 내린 그 새벽이
너를 키운 비밀이었다지

뭉글뭉글 비추는
노란 제 물그림자에
무량한 소문이 돌아
저 홀로 사랑할 수밖에 없어
수선화가 되었다네
오래오래 수선화가 피었다네

우리의 인연

너에게 가있는
이 전설 같은 사랑
가슴앓이하다
까맣게 타버린 하얀 밤

너와 이미 시작된
그칠 수 없는 너를 향한
이 가없는 사랑

천 년 전에도
천 년이 흐른 지금도
꽃씨가 꽃을 낳고
꽃이 꽃씨를 낳고

어쩐지
우리의 인연은
꽃 같아라

어느 봄보다 환하고 뜨거운

한때는 화려한 불빛 모여드는
마음은 늘 가난한 채로
도시를 사랑했는지 모릅니다

하얀 목련꽃을 보고
여름날 슬픈 능소화는 담장 밖으로 서성이고
커다란 은행나무 아래서
가을을 기다리고
늙은 감나무에 달린 까치밥에
하얀 눈이 성기는 그런 풍경을 찾아

넓은 마당과
꽃들이 만발한 그런 꿈같은 집
텃밭에 자라나는 채소의 하늘거림
풋풋한 삶을 만나러 나는 귀촌을 합니다

우체부를 기다리고
마당 가득 꽃을 피울 거예요
그렇게 꿈꾸던 날들에 기대어
다시 꿈을 꿀 것입니다
어느 봄보다 환하고 뜨거운,

2부

당신의 사랑

무람하게 넘나들던
이 가없는 사랑…
끝없이 끝없이 흘러
당신의 그리움까지도
사랑하고 있어요…

사랑하는 이여

담장에 기대어 싱그러운 얼굴로
활짝 웃는 넝쿨장미를 보며
울컥 차오르는 그 무엇
문득 사람이 그리워진다

거리낌 없는 만남
진솔한 생각을 놓고
따뜻한 마음이라면
향기로운 사람 냄새를 맡겠지
넝쿨장미가 기댄 담장처럼
넉넉한 안식처로
촉수를 세우지 않아도 될
아늑한 공간의 시간

언제나 그런 생각일 때
뜨거운 열기가 일어난다
그렇게 마음 가득 덮혀
흐를 수 있다면
사랑하는 이여
저 붉은 장미보다 진한
사랑으로
그렇게 타버리자

수국 꽃 같은 당신

탐스런 꽃송이는
햇살이 주고
바람이 주고
그늘이 주는 대로
수국 꽃 낯빛은 다른 빛깔로
몽글몽글 곱슬곱슬
여름 여름 피었지요
그대가 그리운 날도
그대가 보고픈 날도
뭉클한 꽃들이 피었고
윤리적이지 않은 사랑처럼
수국 꽃이 변덕스럽다지만
그리움을 숨기는 사람보다 낫지요
그대와 나 사이에
그리움이라도 남아 흐를 수 있다면
천 년의 여름을 기억하지 못해도

수국 꽃들이 표류하는 여름 내내
그 꽃들을 바라보면
당신을 보는 것 같을 거예요
거기에 꼭 수국 꽃 같은 당신이
환하게 웃고 있더라고요

꽃들은

꽃들은
꽃들은 거침없이 활짝 피어
어떤 계절에도
골고루 웃어주고
억센 시간도 힘겨움도
너를 바라봄 가벼워지는
그래서 세상의 꽃들이 좋아

바람결에 적셔오는
향기를 풀어내면
꽃잎마다 흐르는
몽환적인 어지러움
어쩌면 우리는 이 치명적인
꽃향기에 반하고 사는 거지

누가 이 찬란한
말간 꽃들을
보내주었는지 몰라
머뭇거리는
당신의 빈 마음에
한아름 깔아주고 싶은 꽃들을
당신이 기억해주길 바라오

접시꽃 피는 계절

이다지도
당신께 마음을 주는 일이
당신에게 스며드는 일이
당신 기억에 서성이는 일이
접시꽃 피는 계절이었나 봐요

꽃잎에 바람 불면
추억처럼 흩날려라
스친 여름 내내
비가 내리고
그리움이 사무치면
가슴으로 젖어라
일러주는 접시꽃

생각만 해도 시큰해지는
당신과 여전히 좋은 기억들
접시꽃, 여전히 그대를 사랑하여
해마다 다녀간 당신이 참 좋습니다

그리운 당신아

소슬바람이 부는 듯
멈추는듯한 저녁 무렵
파랗던 하늘도 눕고
붉어진 노을도 눕고
낮 동안 헝클어진 것들도 눕는데
유독 이 그리움만 눕지 않는지

낭랑한 여름날의 더위 속에서도
당신이 그리운 까닭은
함께한 배경이
따뜻한 표정이
다정함이 그립고 그립지

그리운 당신아
내 마지막 그리움인
당신의 웃음을
날마다 떠올리는 일이
내 일상의 절대 의식이지 싶으오

오월의 통로

초록빛으로 그려내는 오월
나무들이 초록 초록 나눈 말들은
오월의 두께로 짙어가고

당신도 나도
웃다가도 울다가도
오월의 푸른 통로를 기억하잖아

하루를 사랑하고
하루를 감동하고
하루를 이별하고
사무치는 삶의 후회들은
잎사귀와 잎사귀 사이의
영원한 초록빛처럼
오월을 통과하며
다 잊어도 돼

억센 계절 말고
말간 푸른 오월을 살고 지고
어쩐지 오월의 초록빛은
우리 인생의 청년 같잖아

라일락이 필 때면

향기로운 꽃향기 바람 따라
온 천지를 휘저어 놓던 그 시절이
라일락꽃이 필 때쯤이지

그 향기가 흔드는 대로
흔들리던 마음이
갈피를 잡지 못했던 때도
라일락이 필 때쯤이었지

우르르 라일락꽃이 피고
꽃향기 질펀하게 흘러
우리에게 스며들던
신비로운 향기를
너만은 기억할 줄 알아

라일락 꽃잎과 꽃잎이 뿜어내는
바이올렛 꽃향기 같은
머플러를 목에 두르고
라일락꽃 핑계 삼아
너풀너풀 너를 만나러 가는
4월이라면 좋겠어

나의 꿈은 당신입니다

꿈을 가진 우리는
아침 이슬처럼 영롱하게
아름다움으로 빛이 납니다
늘 버팀목이 되어주는 당신은
따뜻한 사람입니다

새싹이 돋고
비바람이 몰아치고
어여쁜 꽃을 피우기까지
위대한 기다림의 증거처럼
우리에게 때론 절망과
고독이 엄습해 와도
이겨낼 수 있는 힘은
당신이 있기 때문입니다

꾹꾹 눌러놓은 우리 삶도
역경과 인내를 통과한
당신과 나의 뿌리 같은
정으로 살았던 날들
그런 기억이 오래되어
당신과 몽상에 빠진다 해도
나의 꿈은 당신입니다

낙화하는 목련꽃

하얀 꽃 흐드러진 날이
어제까지였나
허망한 봄날 오후
마지막 분분히 뒹구는
목련꽃, 꽃잎

떠나는 자의 안녕이
남은 자에 주고 가는 슬픔 같아
커다란 목련꽃잎이 돌아 누워
슬픔의 무게를 견뎌주는
당신의 봄날

꽃으로 피어
뜨거웠던 며칠간의 봄날을
표표히 사랑했을 뿐이라고
누가 그 꽃잎을 데려가는지
기억하지 말라네

참 아름다운 당신

사랑할 수 있는 만큼
바라보고
감당할 수 있는 만큼
그리워하겠습니다

참 아름다운 당신이
곁에 있어 준다면
감당할 수 있을 만큼
바라보고
가슴에 품겠습니다

무슨 말을 해도
다정하게 화답해주는
참 아름다운 당신

어떤 세월이어도
우리 걸어갈 수 있잖아
어떤 슬픔이어도
함께 늙어갈 수 있잖아

꽃마리

봄을 파고드는
찬란한 봄 햇살
여전히 반가운 새싹들이
진저리를 치며
피워내는 작은 꽃마리

흘끔흘끔
날 보고 웃는 꽃들이
당신인줄 알았어요

내 눈에는
꽃마리 꽃이 당신을 닮았어요
여리디 여린 하늘빛
그 눈빛이 따뜻했거든요

목련꽃 편지

하얀 목련은
그들의 세상이 있어
그들만의 언어로
하얀 꽃을 피우자는
약속의 증명

겨우내 쓰다 지운
함몰된 기록들을 찾아
꽃을 피우려고
봉긋봉긋 술렁였지

목련꽃이 술렁이던
골목길을 인화한 엽서에
편지를 쓰고
꽃잎 우표를 붙였으니
곧 목련꽃 편지가
당신께 하얗게 도착할 겁니다

당신으로 가득한 날

당신으로 가득한 날
맑은 웃음소리에
설레는 눈길 받으며
거침없는 미소를 보내고
나도 모르게 유순한 당신의
미소를 닮아 갑니다

지나가는 바람 같은
허망한 사랑 말고
햇살이 온대 지를 감싸듯
한 사람을 향한 간절함
해 기울면 그리움의 별들이
사선으로 지나가는
찰나의 기록들

신은 알고 나만 모를지라도
절대 뒤돌아보지 않을 거라고
당신으로 가득한 내 마음을
무작정 빌었습니다

너의 향기는 봄바람을 타고

당신이 몰랐던
봄의 통로를
꽃들은 압니다

저 혼자
환한 꽃으로 피어
모두에게 주고 싶은
살가운 봄을

순풍순풍 꽃들을 낳고
기쁨이 녹아든 봄을 안고
좋아서 어쩔 줄 모르더라

너의 향기는 봄바람 타고
정말 어쩔 줄 모르더라

거기 당신이 있어요

내 숨결 그 곁에 머물러
언제나 내 편인 당신
이 길이 잘못이라도 사랑할 겁니다

선택, 인연
이런 단어를 놓고 줄다리기를 해도
첫인상에 눈 맞춤은 어쩔 수 없잖아요

오래오래 먼 길을 돌아와
비밀의 무게를 벗어내고
홀가분한 이 눈물겨운 사랑
아직 타오를 불꽃같은
희망의 끈을 꼭 잡고
그 슬픔의 끝을 잘라버리니
환한 햇살이 눈부시고
서로를 염려해주는 말끝마다
울렁울렁 목젖이 뜨거운

어쩐지 그대와 나 눈치까지도 닮아
심장의 피가 똑같은 거기 당신이 있어요

봄볕 간절한

햇살이 톡톡 튀는데도
오는 봄을 시샘하듯
하늬바람이 지나가지만
내 가슴에 묵혀둔 봄이
되살아나는
꽃망울 터지는 소리

나보다 먼저 반기는 봄이
부산하게 뒹굴고
환하게 불을 켜듯
꽃눈이 터져
봄과 봄 사이를 가슴 설레며 바라보는 일

봄볕 간절한 그 일이
저 아득한 아지랑이 아른거리는
봄을 데려오는 일이었다는 것을,
푸짐한 봄을 데려다 놓고
봄이 흐르는 내내 방랑해도 좋겠어요

눈 내리던 밤

밤새 차곡차곡 쌓인 눈
그 생각에 잠이 오지 않아
멀뚱멀뚱 눈을 뜨고도
움직일 수 없었던 어둠

온 세상 슬픔의 곡조 같은
하얀 눈송이가 허공에 휘날릴 때
머리가 하얀 것이
당신이 아니었던가요

대책 없이 쌓여가던
그 밤이 하얗게 밝아올 때까지
하얀 머리 당신을 붙잡고
얘기를 했었지요

하얀 꿈을 꾸며
살다 간 세상이
절대 남루하지 않도록 살자고
밤새 다짐을 했었지요
아침까지 하얀 머리 당신은
창밖을 지키고 있더라고요

우리 앞에 몇 번의 가을이 남았을까요

우리가 함께 걷던 그 길에
서로 바라보며 웃던 그 골목길에
낙엽이 집니다

나는 그 자리에 서서
낙엽을 바라보며
그리운 사람을 떠올립니다

사랑을 아직 다하지 못하였는데
지는 낙엽을 바라보고
낙엽이 뒹구는 동안
우리는 헤어짐을 슬퍼하며
또 한 해의 가을을 접겠지요
우리 앞에 몇 번의 가을이 더 남았을까요

교신

한밤중 은은하게 쏟아지던
달빛을 본지 언제든가
고요 속에서 우연히 은빛을 보았다
하얀 연기처럼
스멀스멀 퍼져 내리던 달빛

나는 멈칫
불손한 기척을 할 수가 없었다
달빛이 깨질까 봐

꿈속을 걷고 있는 듯
허공에 퍼지는 달빛 아래 서서
한밤을 살았다

달빛은 어스름 속에 묻히고
달빛과 분명 교신한 것 같은데
긴긴밤 꿈속이었을까

서로를 쳐다보았던 낯익은 얼굴
그 뭉클한 기억,

너는 낙엽, 나는 눈물

가을을 만나러 사람들이 모인다
떨어져 뒹구는 낙엽을 보며
사람들은 어떤 가을을 만나는 것일까

낙엽을 주워 책갈피에 뉘이고
달콤하고 애틋했던 첫사랑을 떠올리며
우리는 저 가을만큼 늙어가는 것은 아닐까

늙어가는 햇살을 받으며
더 고독해지는 낙엽들
늦가을 꽃처럼 말라간다

너는 낙엽
나는 눈물
그래서 아득해 가을은,

오월의 선물

오월이 여물어 갈 때쯤
붉디붉게 피어난 장미꽃들
바라보면 그냥 허물어지게 돼요
모든 것 놓아버리고 싶을 만큼
매혹적인 향기에 취하거든요

말라버린 담벼락에
우르르 핀 것을 움켜 코끝에 대면
할 말을 잊게 하는
꿈같은 날들이 스쳐가요

꽃을 바라보면 서로 아는 것도
어떤 이야기가 없어도
당신을 기쁘게 해 주잖아요

넝쿨장미의 표정을 훔쳐
오월을 들썩이는 그 향기를
진하게 기록하고 싶을 만큼
사무치게 어지러운
오월의 선물을
오랫동안 바라보게 되더라고요

너를 기다리는 중이다

눈 축제가 끝이 났다
가슴에 서럽도록 차가운 빛
하얀 백지로 남겨두고
꽁꽁 얼어버린 가슴도
해빙기를 맞이한다

너를 가슴에 담고
보낸 겨울은 습관처럼 흘렀고
지금 떠나야 하는 불안을 읽으며
잠식하던 고독은
녹아내리는 하얀 눈의 눈물도
나풀나풀 날리던 그리움도
이제는 눈을 감아야 한다

지난 것을 망각 속에 묻으며
저무는 겨울 고이 접어
첫눈의 설렘을 기억하듯
가장 화려한
봄의 암호를 해독하며
봄, 너를 기다리는 중이다

6월의 붉은 노을처럼

해 질 무렵 붉은 노을도
유월의 밤으로 가는 길에
얼굴을 묻고
너와 함께한 기록들
붉은 글자들이
파본처럼 휘날리는 그중에
당신이 있었네

당신의 그리움을 몰아넣고
가슴에서 버리지 못한 마음
온전히 줄 수 있는 만큼
꼭 당신이었으면
오롯이 눈이 부셨으면 좋겠네

6월의 붉은 노을처럼
이 마음이 당신께 건너가
누구도 가질 수 없는
뜨거운 사랑 한 줌
그리움 한 줌이라도 좋으니
붉은 노을이 퍼지듯
당신께 물들었으면 좋겠네

당신의 오월

초록의 오월이 주저앉은 풍경을
가슴 설레며 바라보다가
오월의 설렘을 적어봅니다

초록 피가 흐르는 잎사귀들은
사무치는 한 계절 내내
초록의 수혈을 할 테고
진초록이 진을 치겠지요

푸른 나무에 스며든 바람은
치명적인 그리움 같고
꽃잎에 스며든 빗물이
두렵지 않은 사랑이라면
당신은 이해하시겠지요

그냥 한 뼘 자란 초록잎 같은
오월의 표정을
당신이 알아주길 바랄게요

미안한 사랑의 기도

지난해 너무 가벼웠던 사랑이
미안했습니다
당신을 꼭 안아주는 사랑
기쁨으로 곤궁하지 않을
기도를 하겠습니다
뒤끝이 없고 비굴하지 않으면
쉽게 녹아내리지도
호락호락하지도 않을 겁니다
똑바로 눈을 맞추면
불행한 표정이 사라지고
진실해질 수 있다는 것을 잘 압니다
새해에는 기쁜 눈빛을 마주하고
손가락에 낀 반지처럼
단단히 빛나는 사랑
더 많이 아끼고 사랑하겠습니다
가식적이고 포장되지 않은 진솔함으로
심장을 열고 최선의 기도로
당신을 사랑하겠습니다
12월 끝자락 변하지 않을 기도를 닮은
당신의 미소를 바라보는 일이
내 생에 가장 빛나는 사랑이길 바랍니다

내 영혼이 아름다운 날들

당신의 기쁨이 될 수 있다면
낯선 시간의 곡예는
어디로 흘러가든지
그대가 그리운 날도
그립지 않은 날도 당신 것이었고

그대를 향한 뜨거움
내 안에 들어있는
감출 수 없는 이 마음
이 사랑을,

당신과 사랑을 하는 동안
내 영혼이 아름다웠다고 쓴 편지는
오래도록 부치지 못하고
여적 당신을 붙잡고 있다오

내 영혼이 아름다운 날들은
당신이었다는 것을
정말 잊지 말아 줘요

3부

당신의 기록

사랑이여
그리움이여
당신에게 줄 수 있는 것은
내 가슴에 쌓여있는
그대에게 전하는
이 기록들 뿐입니다…

벚꽃 길에서

온 세포가 몽실몽실
부풀려진 꽃봉오리
바람에 둥둥 떠다닌다고
꽃들이 비명을 지른다고
사람들이
울지 않게 하라

떠나고 싶어도
벚꽃 길을 떠나지 못하는
벚꽃 길을 맴도는 사람들에게
아무 말도 하지 마라

벚꽃 길에서
벚꽃 길로 돌아간 사람들
그 속에서 웃고 있는
벚꽃 같은 사람들아
내가 기억할 수 있게
늙지 마라
늙지 마라

꽃들의 기록

잠시 화려하고 뜨거웠던
하얀 목련꽃의 봄날은 끝이 났다
지난 계절도 잊고
지난봄도 잊고
새순들이 꼿꼿하게 일어서서
은밀한 작당을 한다

또 다른 꽃을 피우기 위해
지나가는 바람도
햇빛도, 봄비도
사랑을 낳기 위한 몸부림쯤으로
치부해도 좋다

이런 날은 좀 더 바지런한
먼저 핀 꽃이 사랑받듯이
몽글몽글 옹이 진 꽃들을
방 안 가득 채워놓고
제목을 붙이고
예쁜 옷도 입히고
기쁨도, 눈물도 입혀
한 편의 기록을 남기는 봄, 봄

가을이 지나가네

바람과 달빛이 다녀간
붉은 낙엽 위로
버려진 영혼처럼 남아
버석거리는 가벼움
뒹구는 낙엽 위로 가을이 지나가네

화려한 단풍이 들려주는
가을 이야기를 다 듣지도 못했는데
기다려주지 않고 가을이 지나가네

낙엽이 깔린 풍경을 보며
웃지도
울지도 못했는데
눈길도 주지 않고 가을이 지나가네

봄날의 현혹

싱그러운 초록세상
골고루 분사하는 햇빛이
눈이 부셔 눈물이 나요

맑은 눈으로 바라보는
한나절의 풍경이
햇살을 풀어놓은
오선지에 그려진
음표 같아요

아지랑이 아른아른
향기로운 꽃들이
찬란한 옷을 입고
봄나들이 가는 길손을
알랑알랑 현혹하는 봄이에요

속으로 흐느낀다는 것은

살아가는 일이
고독함에 사로잡혀
무엇인가 막막할 때도
속으로 우는 강물처럼
침잠된 모습에 동화되어 깨닫는 나는
묵묵히 흘러야 함을 알았다

해질 무렵 강가에
무더기로 흔들리는 갈대숲
가만히 그 흐느낌을 오래 듣다 보면
쓸어내리는 가슴이
갈대의 흐느낌에 무너질 때
갈대 울음에 합체되는 쓸쓸함 한 줌

노을빛 잠기는 강물을 포용하는
잔잔한 물결처럼
속으로 흐느낀다는 것은
갈대바람 강물에 녹아 유유히 흐르는
쓸쓸한 기억이 심장 안에 있다면
속으로 속으로 울게 되는 통증 같은 것,

지금도 잊지 못합니다

떠나가던 그때의 모습으로
다시 오시지 않겠지만
꼭 한번 보고 싶습니다

그대를 향한 간절함
보고 싶은 마음이
그대 있는 곳까지
흘러들었으면 좋겠습니다

지독한 그리움
보고 싶은 마음
어쩌지 못하는 나는
지금도 잊지 못합니다

아무 일 없는 듯
해빙기처럼
그대 맘이
풀렸으면 좋겠습니다

이른 봄

아직은 겨울을
보내지 못하였는데
사방 연초록 울음소리에
같이 울어주는 꽃샘추위

설익은 낯선 봄
새싹들로 잉태하는
첫 푸른 울음을
봄바람이 가만 두지 않을 게야

그 뭉클한 햇빛
속으로 속으로 그리웠던
봄 햇살에 버무려진
네 붉은 심장은
네가 꽃으로 피는
그 눈빛을 기억하라고

바라보고
또 바라보고 그랬나 봐요
종유석처럼 자라나는
더딘 봄이라서,

비몽(悲夢)

어느 따뜻한 봄날
망설이지 않고 따라갔던 날
하얀 목련꽃이 뭉텅뭉텅 핀
주먹만 한 꽃봉오리를 보며
배시시 하얀 웃음을 흘렸던
그 사람을 사랑해 버렸네

낯선 골목길을 거닐며
우린 서로의 지문을
만지작거려도 좋았던 그 사람
잠깐 내 꿈속을 다녀갔네

다시는 볼 수 없는 그 사람
눈물 나는 비몽(悲夢)
톱밥처럼 푸석푸석한 얼굴을
베갯잇에 묻고 말았네

꼬마 눈사람

밤새 눈이 내려
눈의 지배를 멈추지 못한
의젓한 비명소리를 들었다

먼 산허리에 몰아치는
눈발이 눈시울 적셔가며
서로를 껴안으면
눈사람이 된다는 그 기다림
하얀 맥이 뛰는 하얀 심장으로
구애를 하고 싶은
아득한 꿈이었을지도 모르지

흔적도 없이
가는 길목 하얗게 지웠으니
너 가는 길을 잃어버려라
그 길을 기억하지 말아라
그대로 멈춰
오래도록 혼절하지 말랬더니
꼬마 눈사람
네 발이 축축하더구나

붉은 노을

서녘 하늘에 붉게 스러져가는
가슴으로 녹아드는 기억 몇 점
뭉글뭉글한 구름에 젖어
붉은 해가 지나는 자리에
눅눅해진 노을빛

어둠의 무게가 육중하게 버티고
노을을 건너가는 알 수 없는 정적이
가지런히 빗어 넘긴 이마같이
밝아졌다가 다시
붉은 구름이 밀려오고 밀려가는
하늘이 질퍽질퍽 갯벌 같은 붉은 통증은
못내 아쉬운 배웅을 하고 있었다

하루를 뒤돌아보면
얼마나 간절한 기도였는지
명치끝까지 캄캄해지고
어쩐지 서럽고 쓸쓸해
노을의 유효도 사라진 저녁
가장 간절한 눈물이 노을처럼 붉었다

겨울, 너를 보내며

겨울의 한낮
회색빛, 너의 익숙함으로
내 아픈 가슴을 달래지 못해
내 가슴에 살았던
사랑하나 벗어나지 못해
회색빛 낙숫물 소리에
아픈 가슴이 녹아내린다

길들지 않은
이 마음을 움직이는
그대 가슴도
나처럼 보고 싶은지

처마 끝에 떨어지는 낙숫물처럼
너를 생각하는 내 마음이
똑똑 떨어져 나간다
눈가에 맺힌 눈물 같은,

봄엔 네가 그립다

빈 가슴에 가득
봄 햇살 담아 허기를 채우면
어쩐지 목이 멘다
아무렇게나 쌓인 책들을
바라보는 것처럼

한 사람의 쓸쓸함을
읽으며 몰두했던 것이 결국
봄이었다는 것도
돌아보면 아득한 그리움

햇살을 가득 부어 놓으면
눈앞에 초록이 돌고
새싹이 돋는 나뭇가지에
붉은 노을이 걸리면
붉은 꽃도 필 것이라고,
하, 봄엔 네가 그립다

기차역에서

뒤돌아보면 아득한
따뜻한 추억이
내 눈앞에 흐리게 서있고
나란히 걷지 못한 날들이
올 줄은 몰랐다

너는 나를 잊었어도
나는 너를 잊지 못해
자주, 자주 네가 있는 그곳을
서성이는지 모른다

잠깐 흘러버린 기억들이었다고
스스로 위안받는 날에는
꼭 비가 내렸다

비가 내리는 풍경 속에
꺼이꺼이 슬픈 비를 내려놓고
가슴을 쿵쿵 치며
기차는 떠나가더라

떡국을 먹다가

출렁이다 머뭇거리는 해안선 같은
둥그런 떡국 덩어리
허기진 길몽 같은
고백하고 싶은 날들을
먹고 싶지 않았어요

까닭 없이 슬퍼지던
떡국 한 그릇과
나이 한 살을 바꾸는
새해 첫날의 늦은 아침이었어요

내 삶이 오롯이 담겨 있는
세월 같은 떡국을 앞에 놓고
올해는 괜찮을 거라고 다독이며
거품 같은 둥그런 세상을 그냥 먹는 것이라고요

스펀지 같은 나이테엔 365일이 걸려 있으니
떡국 덩이처럼 서로 껴안고 어긋나지 말라더니
물끄러미 바라보는 내게
너 올해 몇 살이니?
선뜻 몇 살이라고 대답할 수 없더라고요

간이역의 가을

여행자에게 주선하는
열차를 타고
저 가을의 끝에 닿도록 하라

빛바랜 간이역에 기차가 멈추고
플랫폼 낡은 벤치에 앉아
누가 이쪽을 바라보고 있다

간이역의 휘돌아 나가는 바람이 멈칫
나를 보고 있다

가벼운 낙엽이 휙 나르고
이상한 슬픔이 지나갔다

무작정 달리는 기차를 따라
낙엽은 달리지 않았다

겨울 아침

문득, 눈을 뜬 아침
창밖의 마른 것들에 깔린 안개와
쓸쓸해 보이는 풍경

내 안에 고인
어떤 추억하나 꿈 같이
눈물겹도록 고맙고 따뜻한
마음속 깊이 묶여있는 그리움

내 안의 침묵은
안개처럼 너에겐 낯설어도
내 인생에 가장 아름다웠던 날들

저 홀로 쓸쓸해지는
저 홀로 따뜻해지는
겨울 아침
창밖을 바라보는 눈이 시리다

이별하는 가을을 보았습니다

앙상한 가지에 매달린 감들이
가을을 베껴 붉고
고택 귀퉁이에 노거수 한 그루
품었던 잎들을 잃어버리고
가을을 앓고 있습니다

늙은 기왓장의 각도는 그대로인데
가을 햇볕은 먼지 낀 기왓장에
그늘을 버무려 허물어질 것 같았습니다

어쩐지 힘없어 보이는
오래된 것들
단단했던 그 오래전 기억을 더듬어
바라보다가 눈을 씻고
아무 일 없듯이 벗어나듯 돌아 나오며
흙먼지 날리는 이곳에서
이별하는 가을을 보았습니다

겨울나무

겨울나무를 바라보며
사랑하는 일, 이별하는 일
울창한 이야기를 듣는다
해 질 무렵 서성이는 칼바람이
상처로, 통증으로 온몸을 어루만져도
이겨내는 것이 사람보다 낫다

온몸이 얼고
온갖 기억까지 슬플지라도
한해살이 꽃들, 살아 있는 모든 것은
못난 목숨보다 낫다
꿋꿋한 나무 한 그루
어디로 떠나가지 않고
그 자리에 그림처럼 서 있어도
못난 사랑보다 낫다

가슴 뜨겁게 울창했던
가슴 시리게 앙상했던
겨울나무의 이야기가
내 안에 들어와 녹는 동안
나무처럼 사랑하고 싶었다

겨울연가

영혼은 꽁꽁 얼어 소름이 돋고
한 방울 눈물까지도,
지상에 있는 모든 것은 얼었네

하늘에서 지상으로 이어진
수북하게 쌓여가는
내 옆에 흩날리는 그리움은,
그리움 사이를 드나드는 바람 같았네

아, 나는 눈처럼 가볍게
너에게로 날아가고 있었네
그리움을 통과하듯이,

연꽃 낙화

화려함을 놓아버린
큰 꽃잎 떨어지는 순간이
얼마나 슬픈가에 대한 은유

울컥 쏟아낸 뭉게구름이
바람을 넣고
달빛을 쏟아부어
꽃잎을 겹겹이 포개면
번뇌하는 자를 웃게 한다

네 발아래 늪에선
그 꽃잎 뚝뚝 떨어진
눈물이 쌓여
구멍 숭숭 뚫린 외로움이
한정 없이 자라지만

해마다 여름이면
솜털 보송보송한 얼굴 내밀어
오므렸던 입술을 활짝 열고
하늘하늘 손사래를 치는 너,
너를 바라보면 눈이 부셨다

낙엽을 밟으며

가을의 고요함
그 부드러운 바람결에
멍한 설렘도 있었고

떨어지는 은행잎이
황금 부스러기 같이 흩날릴 때
부자라도 되는 양 웃었지만
인생의 무게만큼 고독했네

창 넓은 찻집에 앉아 달달한 가을과
가벼워진 늙은 낙엽에 대해
울컥 뜨거울 수 있다는,

그렇게 그 죄를 모르고
낙엽을 밟아버렸네

억새꽃

할 말이 많아서인지
가을날 아무 데나 퍼질러 있다

하얀 억새꽃 뭉클뭉클 피어
어째, 내 어깨를 쓰다듬는 것이
어느 날 억새꽃 보며 꽃상여에 매달린
종이꽃 같다고 했던 생각이 났다

어쩐지 하얀 억새꽃을 바라보면
꺼이꺼이 슬픔 같아 울컥, 끌어안고 싶어진다
그런 날을 떠올리면
골목마다 쓸어낸 낙엽이 타는듯하여
목이 메케해진다

억새꽃을 바라보면서
슬픔을 외면하지 않을 것이다
당신이 슬플 때 나는 더욱 사랑할 테니까

동백꽃 낙화

동백나무 그늘이 붉게 가렵다
덧난 상처가
슬프게 가려운 것처럼

남긴 것도 없고
버릴 것도 없는
가벼운 버림을 위해

붉은 눈물이 나도
육중한 몸 뉘어
봄볕이 쏟아내는
붉은 허밍을 듣는다

벚꽃 낙화

벚꽃 피는 봄날 하얀 꽃을 들여다보았네
꽃잎 속을 걷고 있는
너를 따라가 돌아오고 싶지 않은
그때 우리는 왜 알지 못했을까
그래 그 꽃잎 따라 걷다가 잊어버린 거지
하늘거리는 꽃잎만 바라보다가 놓친 거지

너는 내 가슴에 들어와
너만의 영토를 넓혀갔지만
나는 흩날리는 꽃 이파리를 바라보며
허무를 메워가는 일이 아름답다고만 느꼈지

돌아가려고 맑은 눈이 되었을 때
꽃은 저버렸고
너에게 다가갈 수 없어 꽃 비 닮은 눈물 흘리며
떨어져 누운 꽃길을 걸었지

가슴이 텅 빈 눈으로 아주 잠깐 너를 끌어안고
놓아주고 싶지 않았지
너는 폴폴 흩날리며 등을 돌리더라
내 눈물을 바라보며,

중년의 저녁은

당신이 그리운 날
아득한 공허가 밀려오고
생각하는 것도 사랑이라고

허물어지는 노을을 바라보며
눈시울 적시는
중년의 저녁은
왜 이리 쓸쓸할까

잠이 달아난 새벽에 홀로 깨어
창문으로 흘러들어오는 달빛에
울컥했던 날처럼
저녁이 내리는 풍경에
그만 눈물이 난다

섬진강 사랑

섬진강을 돌아 나오는 길
압록 마을을 지나칠 때
눈길이 멈추는 곳에
매화꽃 멍울이 터지더군요

누구랄 것도 없이
눈이 마주쳤고
섬진강 물소리가 들리는 곳에
차를 세우고 기억해내는 숨소리에
두근거리는 심장은 저절로
봄꽃을 피워내고 있었죠
환하고 짜릿한 꽃잎 같은,

열정적인 청년 같은 그 순간의 사랑이
우리의 인생이라면 얼마나 좋을까요
봄은 우리가 사랑하는 순간에
다가온다는 것을
섬진강을 지나면서 알았어요
섬진강을 지나칠 때면
자꾸만
그 거친 숨소리가 들릴 것 같아요

4부

고마운 당신

너는 그리움
나는 사랑
텅 비어 있던 내 마음에
들어온 당신
함께 있어 행복했던
당신이 고마워요…

배웅

처마에 매달아 놓은 풍경소리
허공을 가르고
나무들이 불러들인 바람결에
훅하고 스쳐가던 습습한 오후 한낮
아련히 스쳐가는 어떤 배웅이
소나기처럼 쏟아져 내렸네

어느 해 겨울 끝
어떤 인연을 보내며
지난날을 손편지를 찢듯이
구겨버리고 뒤돌아서는 사람도
아무 일 아니었던 기억도
운명의 갈림길에 선채로
배웅했던 날이 오래도록
남았던 쓸쓸한 기억이라

풍경이 딩딩 흔들리며
그 파열음이 파고들어와
다 내려놓고
버릴 건 버리고
잊을 건 잊고 지울 건 지우라 하네
둥글게 둥글게 굴러가라네
인생의 배웅은 그런 것이라네

고마운 봄

꽃샘바람이
요리조리 스쳐가고
가슴 절절한 문장으로
마른 가지마다 시(詩)를 써
매달면 꽃이 폈다

아픈 기억도
슬픈 이별도
기쁜 사랑도
봄이면 꽃이 됐다

그 꽃들을 기억할 때마다
우리는 봄 햇살처럼 뜨거웠고
우리는 꽃처럼 사랑했고
우리는 봄비처럼 울었다
그래서 더 고마운 봄

7월엔

세월을 넘기는 손길이 더듬거린다
가슴에 쌓인 삶의 갈증은
한 줄 글이 되고
아스라한 기억들이 쏟아진다
저 하늘의 별 수만큼
마음속 깊이 흐르는
붉은 장미보다 더 진한 열정
흔들리지 않게
너에게로 흐르고 싶다
머릿속에 차오는 것들
발길질해대는 어설픔
덤벙거리는 시간은 흘러 흘러간다
지난 것 다 잊을 수 있을 때까지
네 곁에 머물러
과실이 상큼하게 여물어 가듯
네 맘도 무르익어라
칠월엔 상처 없이
너에게 기쁨이 되고
한여름 소나기처럼 개운한
신선하고 풋풋했으면 좋겠다

해당화 필 때면

제 몸에 가시를 뾰쪽하게 사루면
분홍꽃이 피었다
해당화를 떠올림
섬마을 해풍에 눈물 같은 꽃

봐주는 이가 없어도
들어주는 이가 없어도
바람결에 하늘거리는
외꽃 이파리
모든 무게를 내려놓고
외롭게 피어있던 해당화

가슴이 애잔함을 두고 떠나버린
당신의 첫사랑 같은 해당화
해당화 피어있던 그 섬을
떠나오던 날
멀미가 났던 것은
첫사랑을 보내고
앓았던 열병 같았어,

6월입니다

지나고 나서야 알게 되는
짧은 시간이란 생각
유월의 꽃들은
한 겹 한 겹 피었다가
한마디 말없이 지는데
여름은 젊어가고요
나는 걸음이 느려져요

울창한 숲들이 선명해지는
유월의 모서리마다
부디 사랑만 가득하여
누가 바라봐도 흐뭇함만
여물길 바랍니다

담벼락 같은 듬직한 당신과
낙화하는 장미를
바라보게 되는 유월
늘 그립고
아늑한 유월이길 바랍니다

봄이 지나가네요

꽃들이 찬란했던 봄은
몇 번의 봄비가
몇 번의 봄바람이 낙화시킨 꽃들은
맘 놓고 울지도 못한 것 같은데
떨어진 꽃잎들의 봄이 지나가네요

어느 봄날에 기대어
부풀었던 마음도
봄이 지나가는 동안
지쳐버렸는지 모릅니다

올해 봄은 침묵의 봄
잘 못 쓰인 기록이라면 좋겠어요
치열했던 코로나 19와
버무려진 봄이
쓰윽 지나가 버렸습니다

금세 봄은 지나갔고요
거리를 두고 만나게 되는
어쩐지 어색한 봄과 교차하는
여름의 시작입니다

모란꽃

송홧가루 날리는 봄이면
매번 붉어지는 초연한 빛깔로
열렬한 사랑같이 팔팔 끓어야
피는 모란꽃
그 꽃 가운데 노란 왕관이
노랗게 흘린 눈물
외면하는 것들의 홀대가
슬퍼서 큰 꽃이 되었나

아무런 기억이 없어도
마음이 닿으면
따뜻한 기억의 꽃으로
부귀영화를 담아 모란꽃 한 송이
수놓아 두고두고 늙어가리

뚝뚝 지는 모란꽃을 바라보다
눈을 감았다
떠나간 사람의 뒷모습 같아
콧날이 시큰해지는
낭자한 봄날이 이어지고
서운한 내 마음은 무량하더이다

배꽃 낙화

배꽃이 하도 고와서
햇빛도 조심스레 하얗게 내리는데
하얀 꽃잎이 한 잎 한 잎 낙화하는 날
달콤한 가을날을 상상하며
슬퍼하지 않으리

한입 베어 물면
수 천년 세월이 달콤해지는
산자도 죽은 자도
그런 날들을
그대들은 잊지 마라

한숨 쉬지 마라
꽃이 피면 낙화하고
지고 나면 열매 맺고
역경 뒤에 튼실한 과실이 되듯이
우리 인생이 그렇잖아

금세 배나무 가지들이 휘어질 것이야
우리 조금은 나보다 버거운 것들에
휘어질 줄도 알아야 해
배꽃 낙화의 사무치는 소리를 잊지 마라

잃어버린 바다

어느 어부의 그물에 걸려
물 밖을 뛰 오르던 날개도
물속을 가르는 지느러미도
지나가는 바람에 걸려
물 밖 세상을 바라보는
납작 엎드린 생선들이
뻐끔뻐끔 거리는
실어증일 뿐이라고

바다로 가는 출구는 잃어버렸지만
꼬들꼬들 고슬고슬
이쪽저쪽 뒤집히며
말라가는 생선들은
복사꽃 흥건히 휘날리는
봄바람까지 잃어버리고
싶지 않았다네

어부의 가슴을 읽어내는 일들이야말로
그의 손등이 마른 것처럼
말라가는 일이었네
늙어가는 일이었네

나무와 바람 같으면 좋겠어

나무와 바람 같으면 좋겠어
바람이 부는 대로
지나가겠다는 바람을 보내주는
아량이 넓은 나무가 좋아

계절풍이 부는 대로
다 받아주고
다 안아주고
다 보듬어 주었는데도
떠나겠다는 바람은
그대로 보내주는 나무처럼
그런 이별이면 좋겠어

아니 아니
그냥 보내주는 거겠지
나무는 지나가는 바람을
절대 붙잡지 않아
용서할 수 없는 이별보다는
나무가 보내주는 바람 같은
이별이라면 좋겠어
뒤돌아보면
다시 돌아가고 싶은 그 숲의
바람이었으면 좋겠어

절집에서 차 한 잔

작은 절집에서
노스님의 숨결을 마신듯했다

마른 찻잎이 은은하게 퍼질 때
들려오던 풍경소리가
가슴에 뜨겁게 녹아내리던 산사에서
허공으로 날리던 하얀 입김 같은 번뇌를
깊이 다스리라 했다

서럽고 시린 맛이 돌던
반쯤 식어버린 차 한 잔
시름이 녹아들고
내 마음을 통과하던 치희(稚戱)
식어버린 찻잔을 쥐고 있는
손바닥이 무척 뜨거웠네

아름다운 영산강

영산강 물빛 따라
해마다 돌아오는 봄
조신하게 저 혼자 흘러
계절마다 다른 시절이
잠들지 않은 청춘의 강

물비늘이 가늘었다 굵어졌다가
주름진 중년의 사연같이
강물을 오래 바라보면
자꾸만 뒤로 밀려가더라
한 소절의 이별같이
밀려가더라
떠나가더라

가슴이 허망할 때
영산강에 가면
수위 조절이 되더라
그래서 고마운
아름다운 영산강이여
만고불멸하라

봄꽃

꽃으로
조각조각 퍼즐 맞추면
한 폭의 환한 꽃들의 정원

서러웠던 겨울을 잊으면
꽃을 피우겠다더니

귀인처럼 내 앞에
봄꽃으로 서 있을 줄 몰랐네

봄이 오는 동안
우리 허물어지지 말고
수만 개 봄을 거느리는
꽃이나 돼버리자

자화상

아침이면
유리창을 투사하는 햇살에
접었던 날개를 파닥이며
눈부시게 날고 싶다는
사소한 생각
허황된 생각

묵직한 쇼울을 어깨에 걸치고
뭉툭한 커피잔을 들고
창밖의 햇살에 눈이 부셔
미간을 찡그리지 않아도
주름 주름 사이로 퍼지는 음악
아무렇지 않게 듣는 헐렁한
중년의 아침

풋풋했던 맑은 눈의
그녀는 어디 갔을까

화엄사 홍매화

화엄사 절집에 앉아
그윽한 차 한 잔으로
빈속을 데우고
너와 눈 맞춤

화엄사 경내에 봄의 배경이 되어
몇 백 년 꽃을 피우는 동안
아무도 알아주지 않았지만
넌 오랫동안 절집에 살면서
모든 궤적을 꿰고 있겠구나

오래된 화엄사 목조건물의
경이로움을 사유(思惟)하는 동안
너는 절정의 붉은 꽃을 피웠고

바라보고 또 바라봐도
어떻게 살아왔는지
다 모른데도
넌 뜨겁게 붉더라
화엄사 경내에
홍매화는 분분히 붉더라

소문난 진달래 꽃

진달래꽃은
두견새의 분함이
전설이 된 두견화로
온산이 붉어지도록
소문이 났다

아니다
바람이 지나가는 자리에
아무렇게 피어 있어도
소문이 났다

연분홍 꽃잎을 따먹었던
어린 날 추억도
울 할머니 두견주로
기침을 멈춘다던
그 참꽃으로 소문이 났다

연분홍 치마
연분홍 입술
영원히 늙지 않아
진달래 꽃
또 봄바람이 났다고
소문나라지 뭐,

수선화

너는 어쩌면 그렇게
말끔한 노란 얼굴로
금잔은대(金盞銀臺)라는
예쁜 별명을 가졌다니

너는 어찌하여 그리스 신화의
나르키소스(Narcissus)
고개 숙인 노란 수선화가 됐다니

간혹 불어오는 바람으로
너를 흔들어 보지만
어떤 언어로 더 빛나게 하겠니
어떤 눈빛으로
너를 다 읽을 수 있겠니,

복수초

봄이면 가장 먼저
노랗게 쑥 올라오는 꽃
찬바람이 엉키고 섞인
설경 놀음에 솜털이 돋고

노란 복수초
너를 바라보면 눈이 부셔
실눈 뜨고
이른 봄을 데려오지

눈에 잘 띄라고
배신의 유다(Judas)에게
오래전엔 노란 옷을 입혔다는데

너는 배신을 몰라
노랗게 노랗게 웃어버리지
아니 아니 수줍게 살랑거리지

또 다른 계절

어두운 기억도
오래된 체증도
망각하기에
홀가분한
계절이 가볍다

고집을 부둥켜안고
놓지 못했던 치희
아무 일 없는 듯
지난 것들을
가만히 내려놓으며
모든 증거를 인멸하듯
작별하고

새로운 길 초입부터
또 다른 계절의
증거를 깔고 앉아
뭉텅뭉텅 꽃을 피운다

새벽

정지된 정적의 어둠
절취선 없는 새벽
뜬눈으로 너는 살아 있으니

삶의 무게도
넉넉하게 받아들이는
마음 안쪽까지
들락거리며

완성되지 못한 것들을
기록하는 새벽이
해오름 사이로
녹아내린다

백양사의 하얀 겨울

굽이굽이 산길을 따라
하얗게 품고 있는 풍경이
미끄러지듯 펼쳐진 길을
가슴 뜨거운 입김을 뿜어내며
하얗게 하얗게 걸었지

나무 밑동을 덮고 가지에 매달린 눈
나무들 사이사이 쟁여놓은 눈
뽀득뽀득 내가 밟는 소리
내가 들으며
백양사로 끌려갔던 겨울

어디를 둘러봐도
백양사의 표정과 배경이
묵직하여 사람이 풍경이라
옛날 옛날엔 백양사가 풍경이라
산사에 울려 퍼진 풍경소리
비밀처럼 온몸을 흔들어
올해 마지막 겨울을 털어내고 있었다

고드름의 꿈

설설 끓는 칼바람에
눈물을 녹였더니
빈 그네를 타는 고드름

울렁거리는 가슴으로
뚜벅뚜벅 걸어와
쭉쭉 뻗은 옷걸이가
반듯한 한 사내는
사람이 그립습니다

고드름처럼 곧게 서있는
겨울을 사는 사람을 그리는
대롱대롱 매달린 수십 개의 꿈이
어찌 이리 서러운가요
그대 돌아갈 시간입니다

등대의 봄

파도소리에 휘말리듯
우리는 걸어갔네
겨울 사이를 비집고 쏟아낸 햇살
눈부신 봄이 숨어있다는 것을 모른 채
파도의 이야기를 듣는 일도
꿈속이라 믿었네

우리는 등대를 보러 갔네
텅 빈 들판 같은 바다에
기대어 서있는 아득한
아니 남루한 겨울이
늙어가는 것을 바라보는 일
봄이 오는 줄도 모르고

무표정한 얼굴로 등 돌려
눈물 같은 파도를 닦아낸 자리에
문신 같은 봄을 새기고 있었네

화이트 크리스마스(white Christmas)

오늘 밤은
하얗게 내리는 눈을 맞으며
시린 골목을 걸어도
지나온 생을 다 섞어 바라봐도
그냥 좋으리

기쁨과 슬픔 사이를 잊고
성탄절 전야를 누비는 길은
이 지상에 내려온 축복의 밤
아기 예수 몸속으로
나를 밀어 넣으면
남루하지 않아서 좋으리

먼 나라에서
내려주는 하얀 꽃잎 같던 참회는
소복소복 쌓여
풀리지 않은 걱정도
뜨거운 숨결도
눈꽃의 비명도
눈부신 당신의 귀한 축복이었음을,

운여 해변에서 만난 가을

썰물이 나가고
다가오는 가을의 표지판 어디쯤
쓸쓸한 바람이 붑니다
누군가를 사랑할 때
바라보던 그윽한 눈빛 같은
가을이었습니다

오랜만에 묻는 안부처럼
뭉클한 가슴은 지난 세월을 모아
물결 바람으로 일렁이는데
해변에 내리는 햇빛은 완연한 가을입니다

해변에 들려오는 파도처럼
잘 견디고 사는 일이
가을이라고 말합니다

우린 많은 계절을 건너
새로운 시작을 하는 것처럼
가을을 만나고
문득 그리워지는 사람은
유독 가을에 더 깊습니다

통도사에서 얼어버린 편지를 읽다

통도사 일주문을 들어서며
천 년 전 그 겨울을 떠올렸다
누군가는 그 오래전 기억 속에 머물러 있고
누군가는 지금도 늙지 않은 샘물을 믿고 있는 거다

나는 듣고 싶었다
그 오래전 이야기를
대웅전 문틈으로 보이는
기도하는 한 여인의 손끝이 떨고 있음을
아니 문틈으로 들어오는 쓸쓸한 바람 소리를

생이 다한 마지막 숨결처럼
희미해진 단청이
닳고 닳아 버릴 것을
천 년 전에는 몰랐다는 거다

통도사엔 오래된 기록만 살고 있다
그대가 이해할 수 없는 창건 설화가 그렇고
불타버린 목조건물의 전생이 그렇고
수많은 영혼의 잃어버린 겨울이
꽁꽁 언 편지를 읽고 있다

수 만권의 경전 같은 미소를 흘리는
천의 얼굴을 가진 불상의 옷깃에서
낡은 먼지 같은 생을 읽으며
산다는 것이 무엇인지 모르겠는데
자꾸만 알아가라 한다

꽃잎 문양이 건넨 편지
주섬주섬 열어 보니 알 수 없는 언어들
꽁꽁 얼어버린 편지를 읽었다
그대가 사는 겨울을,

가을을 보내며

잘 우려낸 빛깔로 물들인 것 같은 가을
부유하는 가을빛을 따라
한없이 걷고 싶은 날이 있고
이런 가을의 순간은 탁본을 떠 두고 싶어요

누가 말하지 않은 가을을 듣고
이 가을 앞에서 고개를 숙였죠

눈을 감아도 가을이 보이고
눈이 부시게 가을은 출렁이지만
지나간 가을이 다시 오지 않을 것 같아
나는 늘 두리번거려요
어찌 이 가을을 보낼까요

수련

너를 보며 환한 마음이 피었다
아리아를 부르는 청아한 모습 같은

심장이 뛰듯 봉곳이 피어난
그 자태에 반해 뚫어지라 바라보다
뜨겁게 내리쬐던 햇볕과 바람이
그려낸 작품이 너였다는 것을

너는 내게로 오고
나는 네게로 가고
투명한 바람으로 스며들어
화려함으로 진화하는 너

너의 낯빛이 맑디맑아
너를 바라보면
내 피도 맑아져
너처럼 물 위에 뜬다는 것을 알았다

다시 가을입니다

밀려드는 밀물처럼
그렇게 가을이 밀려옵니다

눈부신 햇살이 꽃잎처럼 반짝이는
수많은 파랑은 저리도 고운데
가슴 한쪽에 어쩐지 무너지는 마음
그렇게 가을은 얇게 퍼져갔습니다

가을은 저렇게 흘러가는데
햇빛은 저렇게 맑은데
갯벌에 질퍽하게 고인
이 먹먹한 가을만 바라보라 합니다

내 안에 썰물도
어느새 바닥을 드러내고
수평선까지 가을을 밀고 가는 것을
바라보는 일이 눈물이 납니다

내 가슴에 두터웠던 바다가
얇아지고 있는 것을 보았습니다
다시 가을입니다

내 영혼이 아름다운 날들

윤영초 지음

발 행 처 · 도서출판 청어
발 행 인 · 이영철
영　　업 · 이동호
홍　　보 · 천성래
기　　획 · 남기환
편　　집 · 방세화
디 자 인 · 이수빈 | 김영은
제작이사 · 공병한
인　　쇄 · 두리터

등　　록 · 1999년 5월 3일
(제1999-000063호)

1판 1쇄 발행 · 2020년 9월 20일

주소 · 서울특별시 서초구 남부순환로 364길 8-15 동일빌딩 2층
대표전화 · 02-586-0477
팩시밀리 · 0303-0942-0478

홈페이지 · www.chungeobook.com
E-mail · ppi20@hanmail.net
ISBN · 979-11-5860-885-9(03810)

이 도서의 국립중앙도서관 출판시도서목록(CIP)은 서지정보유통지원시스템 홈페이지
(http://seoji.nl.go.kr)와 국가자료공동목록시스템(http://www.nl.go.kr/kolisnet)
에서 이용하실 수 있습니다.(CIP제어번호: CIP2020036615)